RED HILL LIBRARY
CHILDREN'S DEPT.

FEB -- 2007

Première édition dans la collection *lutin poche* : mai 2006
© 2004, l'école des loisirs, Paris
Loi numéro 49 956 du 16 juillet 1949 sur les publications
destinées à la jeunesse : septembre 2004
Dépôt légal : mai 2006
Imprimé en France par Pollina à Luçon - n° L40035

Olga Lecaye

Léo Corbeau et Gaspard Renard

lutin poche de l'école des loisirs
11, rue de Sèvres, Paris 6e

Léo Corbeau rencontre un petit renard dans la forêt.
« Comment tu t'appelles ? »
« Gaspard Renard, et toi ? »
« Léo Corbeau. »
« Tu veux jouer au ballon avec moi ? » demande le renard.
« D'accord », dit Léo, « je vais juste prévenir mon grand-père. »

« Grand-père, je vais jouer au ballon
avec Gaspard Renard, tu veux bien ? »

« Gaspard Renard ? Ah non, pas question ! » dit grand-père Corbeau.
« Je me suis disputé très fort avec son grand-père.
C'est un filou. À cause de lui, tout le monde s'est moqué de moi.
C'est une histoire qui a même été racontée dans les livres.
Regarde, là, tu vois ? C'est moi. Ce jour-là, j'avais trouvé
un magnifique fromage, et ce filou de Renard me l'a volé. »

Mais Léo n'écoute plus. Il est déjà parti.

« Mon grand-père ne veut pas qu'on joue ensemble », dit Léo à Gaspard. « Il dit qu'il est fâché contre ton grand-père. »
« Ah bon ? » dit Gaspard. « Je vais demander à mon grand-père. Attends-moi, je reviens tout de suite. »

« Grand-père, pourquoi le grand-père de Léo Corbeau
ne veut pas que je joue avec lui ? »
« Ah, ce vieux Corbeau, hi hi ! Il est toujours fâché contre moi.
C'est vrai que je me suis bien moqué de lui. Et son fromage
était délicieux. »
Gaspard ne veut pas en entendre plus.

Il part retrouver Léo.
Mais tout à coup, un grand vent se lève.
C'est la tempête.

La pluie se met à tomber si fort
que Léo et Gaspard sont complètement trempés.
« Allons vite chez moi ! » crie Léo. « Vite ! Vite ! »

« Grand-père, je suis avec Gaspard.
Est-ce qu'on peut rentrer se sécher ?
On est trempés. »

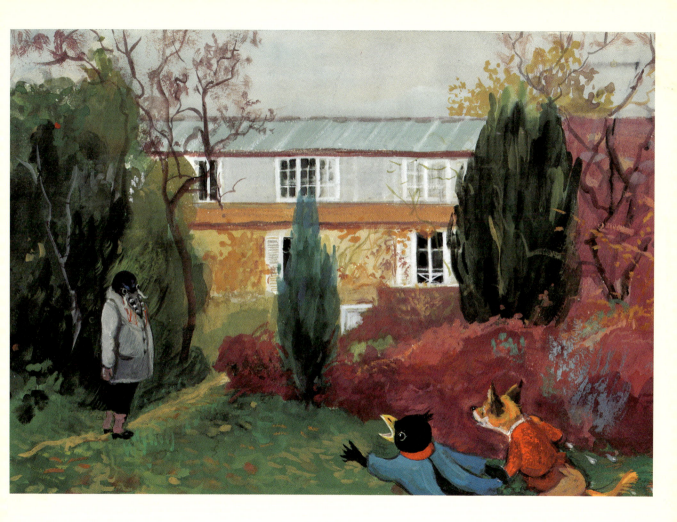

« Allons », soupire grand-père Corbeau,
« puisque c'est comme ça… faisons plutôt
des gâteaux. »

Dehors, le ciel s'est encore assombri.
La pluie recommence à tomber et l'orage gronde.
Grand-père Renard met son grand manteau de pluie
et son grand chapeau.
« Je vais aller voir ce que devient mon petit-fils »,
dit-il à la gouvernante.

Dans la cuisine de grand-père Corbeau, tout le monde travaille,
quand tout à coup… BRRROUMM BADABOUM…
un terrible coup de tonnerre fait trembler la maison.
Tout s'éteint. C'est l'épouvante !

Léo essaie de voir ce qui se passe dehors.
Il aperçoit la silhouette de grand-père Renard,
avec son grand chapeau et son grand manteau,
et ses yeux luisant dans le noir.
Que vient-il faire ici par ce temps ?

À cet instant, la porte s'ouvre. La lumière revient
et grand-père Renard fait un grand salut :
« Eh, bonjour, Monsieur du Corbeau, que vous êtes joli,
que vous me semblez beau ! Sans mentir… »

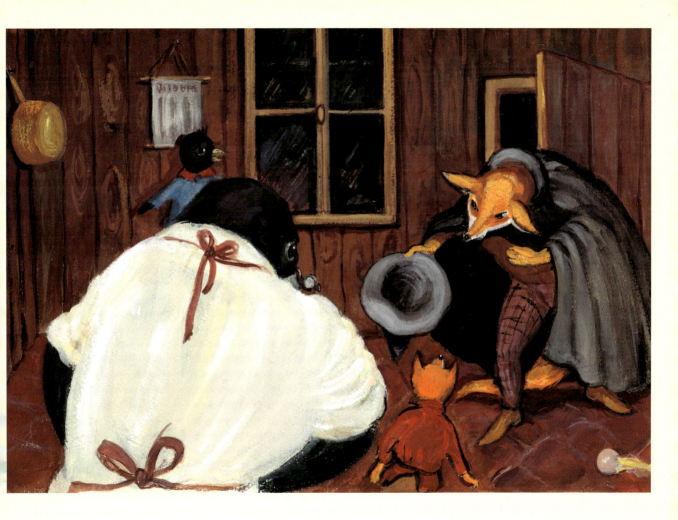

« Assez, Monsieur du Renard, assez !
Je n'ai pas de fromage à vous proposer aujourd'hui,
mais je crois que mes biscuits ne sont pas mauvais.
Si vous voulez me faire le plaisir d'y goûter… »

Grand-père Renard, honteux et confus,
s'installe devant un bon café tandis que Gaspard et Léo
s'en vont jouer dans la chambre.
Depuis ce jour, grand-père Corbeau et grand-père Renard
sont de très bons amis. Même s'ils se disputent encore parfois
à propos de cette vieille histoire de fromage…